YUNYUN
(pa' la calor)

KARLINA VERAS

Yun Yun
(Pa' La Calor)

Ilustración: Nicolle Veras
Diseño: César Iván Gaitanos
ISBN-13: 978-1527225688
ISBN-10: 1527225682

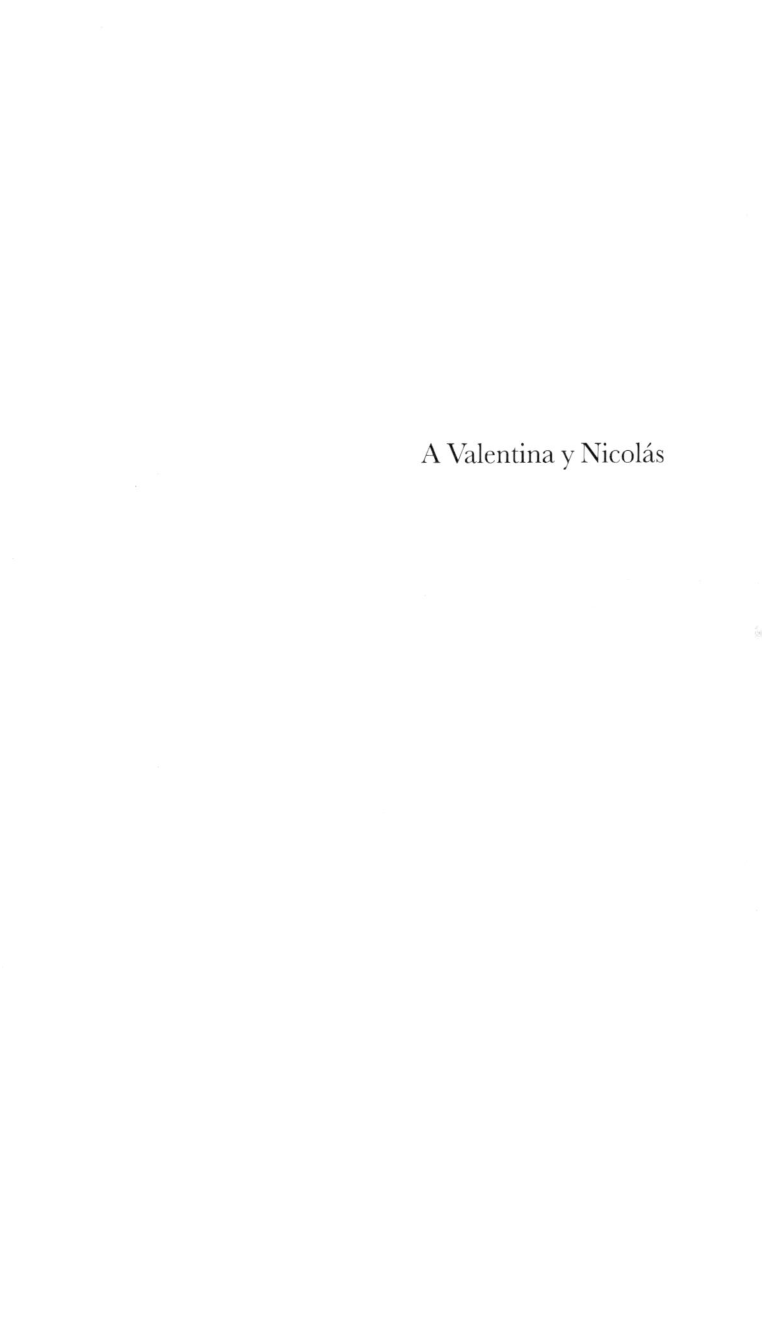

A Valentina y Nicolás

Índice

“Nadie soy. Y tú, ¿quién eres?
¿Será que eres nadie también?
Entonces somos dos. ¡No me digas!
Si se enteran, nos botan – lo sabes.

¡Qué vaina es ser alguien!
Andar siempre en el tumulto – como un maco
Viviendo todo el día
Con los pies sumergidos en el pantano.”

-Emily Dickinson

Toñito, Alfonso y yo

Somos tres en casa. Toñito, Alfonso y yo. Bueno, cinco si contamos con los perros de peluche, Lázaro y Lupito que alegremente adornan el salón. Pero, seres vivos, somos tres.

Toñito, cuando está en casa, se la pasa parqueado en el sofá. Ese es Toñito, el vegetal humano que sólo caga, mea y come. Sus ojos no se despegan del televisor salvo cuando cae dormido. Entonces, ahí abre su boca y ronca más fuerte que cualquier Kubota.

Llego a casa luego de un arduo día de trabajo, cansada de tanto andar y ¿para qué? Para encontrarme en casa con Toñito, inmóvil en el sofá. Desde que entro la llave en la cerradura de la puerta principal, lo escucho roncar.

Ya, rendida a mi realidad, suspiro. Entro a la sala y ahí lo encuentro, tirado en el sofá en calzoncillos; ahora con un charco de baba flotando en el cojín sobre el que reposa su cabeza. Sin más, ahí lo dejo. Me doy un tour por la casa. Efectivamente todo está tal cual como lo dejé esta mañana: sin hacer.

Ahora mismo tengo dos opciones, o me pongo de esclava y empiezo a limpiar, o ignoro el desorden que invade mi espacio. Decido entonces ignorar el desorden y busco en mi mente un lugar donde estar. Despacio me quito la ropa. La decepción se ha transferido a mis huesos y me cuesta moverlos. Me doy un baño caliente y logro sacar una pequeña sonrisa mientras veo el vapor salir de la bañera. Más o menos refrescada, titubeo hacia el sofá y veo en automático el mismo televisor que ahora ve a Toñito. Me tiro al otro lado del sofá, y como la buena pendeja que soy, empiezo a sobarle los pies.

Embelesada en un trance entre los pies de Toñito y el televisor, veo una sombra cruzar por el salón. Al principio no le doy mucha importancia, pero en otro de sus paseos ya me es claro. ¡Es Alfonso! Ahí va arrastrándose por el suelo como todas las noches. Cruza como Pedro por su casa. Ahí va con la calma. Husmea. Pasa debajo del piano; del piano al televisor, del televisor al sofá, y así va. En nuestro primer encuentro, me asusté tanto que le grité a ver si se alejaba. Por un tiempo funcionó. Se asustaba y como un bólido huía a su escondite.

Pasaron unos días y pensé que ya no estaba. ¡Qué felicidad! De vuelta a ser solamente Toñito y yo. Hasta que, así como desapareció, volvió. Volvió como lo hizo

Juanita en aquella navidad. Ese sin vergüenza, que se detiene en medio del salón. Sube su cabecita, como si nos estuviese mirando y sin pena alguna sigue su camino. Ese impostor que se ha adueñado de mi hogar. Sin renta ni responsabilidades, alimentándose de las migajas de pan que descuidadamente caen al suelo.

Alfonso, el tercer miembro de esta familia, no por elección, pero a la fuerza. Por más veneno y trampas que compre, el sigue ahí, vivito y coleando. No me queda de otra que desde el sofá admirarlo.

A veces me desespero, toco a Toñito por los pies y le digo, —Toño, Toño, ¡pero de por Dios, haz algo! —Toñito, como despertando de un sueño del que no quiere salir, medio abre los ojos y su mirada se cruza con la de Alfonso.

Sin ganas, le dice, —¡ey! ¿Ke lo ke, figura?

—Vuelve a cerrar los ojos y sigue roncando.

Yo le corto los ojos y suspiro nuevamente en vano. Me pongo mis chancletas y los dejo allí en el salón, mientras escapo a la habitación donde espero encontrar a Morfeo. Sí, a Morfeo, a ver si me transporta a un mundo libre de maridos inútiles y ratones metiches. Lentamente, mi mente vuela fuera de mí.

Sólo así, encuentro paz.

El jabón

Marianela se sentó ahí a la orilla del río, con el montón de ropa a su lado. Una a una, como piezas de porcelana las tomaba y las echaba al río. Las ahogaba un buen rato, agarrándolas fuertemente con el puño de las manos; no vaya a ser que se las llevara la corriente. Ahí agachadita, lavaba su ropita. Tranquila.

Una a una, las lavaba. Las echaba al río, las estrujaba con ese preciado jabón que le traía su hermano de la capital y las volvía a entrar. Religiosamente así hacía todos los jueves, hasta que se le acabó el jabón.

Ya no pudo lavar más.

De siete a seis

Me levanto solo, como siempre, antes de que salga el sol. Con apuro, me cambio. Me dejo los pantalones desabrochados, la panza colgando. Me tiro encima una chacabana blanca, corbata azul bolita y un abrigo de piel de conejo. Creo que es de conejo, o uno de esos animales salvajes que cacé en tiempos aquellos, cuando convivía con la guerra y la felicidad. Me pongo mis gafas a lo Maverik de Top Gun y mi sombrero sobre mi frágil exmelena. Me miro al espejo y sonrío; mostrándole a ese otro tipo que me mira los huecos donde una vez había dientes. Sí, soy todo un viejevo.

Camino hacia el frente de la casa. Agarro mi mecedora y me siento. De reojo miro mi reloj de bolsillo. Me alegro. Son casi las siete. Ahí viene ella, con su andar de bachata, sus ojos descoloridos, esos rayos de sol sobre su cara marchita. Pero es esa boca. Esa boca frambuesa. ¡Dios! No puedo dejar de pensar en esa boca frambuesa. Y no porque soy hombre, no señor. Si fuera mujer me gustara también. Cero desperdicios en esa preciosura. La veo pasar a diario, como si nadie la está esperando. Salvo que yo la espero. A mi edad he perdido la paciencia y quiero que se apure, pero que se detenga cuando la tenga de frente. Con su misma calma me quito las gafas. Pero ese sol traicionero invernal me troncha el plan y me ciega. Rápidamente me los vuelvo a poner. Por un segundo me mira. Sé que me desea, pero cada vez más se aleja. Se esfuma y se vuelve una con la grima. Reconozco la silueta de sus caderas hasta que ya no está. Cierro mi abrigo de piel y me abrazo. Imagino que es ella en mis brazos. En el cielo permanezco un buen rato. De repente oigo un zumbido en mi oreja derecha.

—Abuelo. Abuelo.

—Reconozco esa voz donde sea. Es Anselmo. Pretendo que duermo. —¡Abuelo! —Grita. Me quita el maravilloso sombrero que me cubre la calva y me da un roki toqui. Ese niño pendejo. Es harto que me tiene. Involuntariamente vuelvo a mí. Abro los ojos desganados. ¿Cómo se atreve? Lo miro y quiero arrancarle la cabeza. Sin embargo, respiro y le respondo, mirando al suelo.

—¿Qué es muchacho? —El niño me sonríe y con su picardía inocente me dice. —Ah abuelo, nada. Es que lo vi así como en el aire y pensé que había guindado los tenis. —Ahí es que me roba los chelitos. Sus ojos tocan mis gafas.

—Todavía me falta, Anse, todavía me falta. —Le respondo con melancolía mientras lo subo a mis piernas. Ahí nos quedamos. Quietos los dos. Esperando a que den las seis.

Imán

Algo se mueve. Lo noto. Así a lo lejos. La cabeza me duele de tanto pulsar los ojos. Este sol maldito no me deja ver. Quito la mirada por un rato. Vuelvo y la pongo. Está cada vez más cerca, pero no logro distinguir qué es. Algo se mueve. Rodando, como si fuera un cuerpo sin extremidades. Ya se acerca. Viene a millón. No me queda de otra que correr.

Corro y corro. Como una loca ando, para que no me alcance. Pierdo el aire y paro. Me ahogo en mi propia tos. Aquí está. Me agarra. Sin el más mínimo esfuerzo me arrastra.

Como un imán me uno con el pegote de cuerpos rodando.

Pokemón endemoniado

—Muchacho, ¡pero tú si barajas! Te dije que te quitaras esa ropa mojada.

—Ya voy, —dice Pedrito, sin subir la mirada, mientras juega, tirado en el suelo. María se recuesta contra la puerta. Cruza los brazos y espera. Minutos pasan y Pedrito sigue en lo suyo.

—Ah bueno. ¿Pero tú quieres que te dé una gripe es?

—Vamos, vamos. ¡Al infinito y más allá!

—Pedrito exalta con la figura de lego de Buzz Lightyear en lo alto. A María se le suben los colores al rostro. Lo poquito de paciencia que tiene, se desvanece. Y, como si se le metiera un demonio, agarra una correa de Pokemón que está colgada en una percha, y le pega.

—Coñazo. ¡Te dije que te muevas!

—Siguen los correazos. Se oye un plá, plá.

—A ver si entiendes ahora. —María no para. Pedrito sigue estoicamente en su mundo de Toy Story, como si no fuera con él. Cuando a María se le duerme el brazo, para y sale de la habitación. Ya en soledad, Pedrito pone a Woody y a Buzz al suelo. Una lágrima le quema la cara. Con la misma calma con la que jugaba se toca la espalda y siente la silueta de Picachú, ahora tatuada en su piel.

La rana azul

Fufito era una rana igual como cualquier otra. Verde, con ojos grandes, y la garganta le brillaba al croar. Andaba en el pantano brincando de nenúfar en nenúfar. Brincaba, pero sin ganas.

Un día se encontró con otra rana. Su color azul lo confundió. Entre brincos en su pantano favorito se detuvo por un momento. Pensó hablarle, preguntarle tantas cosas. Como, por ejemplo, ¿porqué era azul? ¿Dónde había estado toda su vida? Entre otras cosas.

Día tras día la encontraba en el mismo lugar. Su color azul se mezclaba con el cielo. Así andaba Fufito, loco por hablarle. Entonces, así como la noche sigue al día, le seguía los pasos. Si la ranita azul brincaba, el también. Y así fue como él se convirtió en Fufito, el fiel brechador.

Un día de lluvia, uno de los nenúfares estaba resbaloso. Descuidadamente, Fufito cayó al agua. ¡Pobrecito! Tanto que privaba en macho, y se ahogaba lentamente en la inmensidad del pantano. De repente al caer, de su boca salió algo más que un croac. Era un ¡ay!, más bien. Al escuchar este gemido, la rana azul se volteó. Se sorprendió, pues nunca había visto a una rana ahogarse. Fufito no dijo nada más. Prefería morir antes de ser humillado frente esa belleza. La rana azul lo miró por un segundo. Le tiró una ramita que encontró y le dijo, —agárrate de ahí.

—Fufito no lo podía creer. Por fin le estaba hablando a esa belleza pantanal. Pero ¿ella brindándole ayuda? ¿Cómo así? El sólo la miraba, sumergiéndose en el pantano. La rana azul siguió intentando ayudarle.

—Que te agarres de esa ramita. —Silencio.

—¡Es a ti que te estoy hablando! —Silencio.

—Coñazo, ¡rana del diablo! Tú no entiendes que es tratando de ayudarte que estoy.

—Silencio. Pero con la mirada decía mil historias. La rana azul no lo pensó dos veces. Se tiró al pantano. Agarró a Fufito por la única patica que le quedaba al aire, y nadó. Nadó como nunca en su vida. Llegaron a la orilla. Fufito estaba inconsciente. La rana azul, desesperada, le dio un codazo en las costillas. Fufito despertó.

No lo podía creer. Ahí estaba ella, la ranita de sus sueños. Pero él, Fufito al fin, con lo único que saltó fue con esto, —yo no te pedí ayuda.

—Ya si fue. La rana azul lo miró. No dijo nada más.

Sacó una fuerza extraordinaria. Levantó al imbécil de Fufito y le dio una patada en el culo, lanzándolo al aire. La rana azul esperó hasta que la gravedad tomó su ritmo. Así como subió bajó, desplomándose en el pantano.

La rana azul, victoriosa, con las manos en la cintura, dijo bien alto, esperando que Fufito la escuchara.

—A ver si aprendes, buen ñame. —Volteó su cuerpo mojoso, y, así como llegó, se fue.

El barco

—¡Se hunde! ¡Se hunde el barco! —Grita a todo pulmón el niño de la esquina. Nadie le hace caso, ya que todos están acostumbrados a sus dramas y mentiras. Por ende, lo ignoran. Pero esta vez no miente. Es cierto. Se hunde el barco. Los adultos siguen en sus cosas. En sus fiestas, en sus vidas, en sus amores, en sus lutos. —¡Se hunde el barco! —Vuelve a gritar el niño. Nadie responde. Y nada. El barco sigue su curso. Firme y despacio hacia el fondo va. El niño no tiene más remedio que resignarse al mar.

Ello hay (huevo, cebolla, cachú)

Miguelito abrió la puerta. Eran las nueve de la mañana. Llevaba unos jeans rotos, una camisa toda sucia y los mocasines sin medias. Con esa facha era obvio: había amanecido en la calle. Su abuela, Pura, que estaba sentada en el balcón, lo vio llegar. Pero se hizo la que no lo vio, y se tapó la cara con el Diario Libre que tenía en la mano.

—Hola abuela. —Le dijo Miguelito con una energía un poco extraña para él a esas horas de la mañana. Pura, bajó el Diario Libre de su vista y lo colocó en la mesita que tenía al frente.

—Se puede saber…

—¿El qué? —Silencio.

—¿Estas son horas de llegar a la casa, joven?

—Pero si es temprano.

—Ahora. —Pura recoge el periódico de la mesa y lo coloca otra vez en el frente de su cara, para no seguir viendo la facha de su nieto.

—Hazme el favor, Miguelito, vete a bañar. Quítate ese bajo a calle que traes encima. Me estás inundando la casa.

—Ya voy, ya voy. Pero tengo hambre. ¿Qué hay de desayuno?

—Comida. Comida de gente.

—Cóntrale abuela. En serio que tengo hambre.

—Oh, pero ello hay huevo, queso, cebolla, cachú.

—Miguelito fue a la cocina. Abrió la nevera y encontró un huevo, una media cebolla sin cubrir, una lonja de queso reseca, un diente de ajo y pote de cachú casi terminado. Le dio un estrallón a la puerta de la nevera y salió de la cocina. Se paró en el medio de la sala frente al balcón donde estaba su abuela, y con un tonito medio cínico, le dijo,

—Anjá abuela.

—Anjá ¿qué? —Le respondió Pura, con el mismo tono.

—Como que no hay de ná aquí.

—¿Cómo que no? No quieras tú saber con qué resolvía yo en el campo. Dichoso tú.

—Miguelito fue hacia la puerta principal. Sin mirar a su abuela salió del apartamento y se dirigió hasta el parqueo. Tan pronto Pura vio a su nieto salir, volvió a su Diario Libre, tranquila, dejándose llevar por el vaivén de su mecedora.

Miguelito, ya en el parqueo, se metió en su carrito destartalado. Prendió la radio. Con Tego Calderón a tó lo quedá, se quedó ahí, en su carrito, sudando, a ver si se le quitaba el hambre.

Crisps y sándwiches

Aquí estoy, sentada un día cualquiera en un parque atorándome unos crisps y sándwiches. Todo por caerle atrás a un sol que flirtea con salir. Pero ahí se queda, acorralado entre las nubes. ¡Dios! ¡Qué inglesa me he puesto! Ni yo misma me lo creo.

En otra instancia hubiese estado debajo de una mata de plátanos. Comiendo quizá, arroz, habichuela, carne, un mango banilejo, ¡qué sé yo! Pero ni modo. El tiempo pasa volando cuando estás atada al teléfono. La grama está mojada. La siento fría, como el viento que sopla mi cara.

La pastel en hoja

Ella tiene hambre, pero aun así decide no comer. Tiene un plato repleto de comida al frente, pero no lo toca. Y a pesar de que está como un pastel en hoja (de gorda) no es que esté a dieta. No ombe no. Con lo mucho que le gusta comer. Pero pudiendo ella comer de todo cuando quisiera, y mucha gente no. Eso le daba pena.

Así que un buen día fue a un restaurante, pidió mucha comida. De todo lo que había en el menú. Cuando se la llevaron a la mesa, cerró los ojos e inhaló los hermosos olores que salían de los platos. Acariciando con los pelos de su nariz, el pollo frito, sobre todo. Y con eso le bastó para saciar su hambre, de momento. Le hizo una seña al mesero que rondaba por ahí. Cuando el mesero se acercó, (buenmozo, por cierto) le dijo, —¿me lo prepara para llevar, por favor?

—El mesero se sorprendió, pero no tuvo de otra.

—Cómo no. Ahora mismo. —Optó en responderle. Así como trajo todo, se lo llevó.

Al llegar a la cocina, cuando el chef vio este espectáculo, casi le dio un yeyo. —Tranqui, tranqui, que la mujer lo ha pedido para llevar.

—Le dijo el mesero al chef. Con esa respuesta, el chef se calmó. —Ah coño, menos mal. No tengo tiempo para estar rehaciendo ese viaje de comida. —Y con eso respiró, pero no dejó de pensar en lo rara que era esa mujer como para pedir tanta comida en un restaurante de esa categoría y no comer nada ahí. ¿Por qué no mejor ir a un take-away sino? Nadie entendía a esa pastel en hoja andante. Nadie. Pero ella estaba clara. Pacientemente esperó toda la comida empacada.

El mesero regresó a la mesa con par de fundas de supermercado. —Nadie pide para llevar aquí. —Le dijo el mesero a la mujer. Con esta respuesta, la mujer abrió las fundas y vio que todo está envuelto de lo más casero. Como, por ejemplo, en tarros de helado, envases vacíos de margarina, entro otros. —Está bien así. Gracias.

—Le contestó la mujer. Se levantó de la silla y se oyó un 'uff' como si la silla misma respirase al ella levantarse. Ella se dio cuenta. Decidió ignorar el sonido y con un poco de trabajo, caminó lo más rápido que pudo hacia la puerta.

El mesero la vio irse. —¡Qué mujer tan rara! Ojalá y no vuelva más. —Dijo en voz baja.

Por alguna razón la mesa estaba sucia. Al poquito rato alzó la voz. —¿Pero si la mujer ni comió?

—En fin. Era parte del trabajo.

No tenía de otra que chuparse el mambo. Incojonado, limpió la mesa y la preparó para los próximos clientes, que esperaban pacientemente en el bar del restaurante.

La pastel en hoja, feliz de su primer paso, decidió ya qué hacer con toda la comida. Se subió a su carro y se dirigió a aquel puente en donde había visto a esa gente; sin alma, sin hogar.

Se desmontó del carro y le entregó a la gente toda la comida. Ellos, sorprendidos, pero igualmente agradecidos, dijeron gracias. Ella, —de nada. —Se volteó y sin mirarlos se alejó. Desde la comodidad de su vehículo observó todo. De repente, como palomas, se agrupó más y más gente.

Comían desesperadamente, sin pensar. Y así como se tragaron todo, cayeron. ¡Puff! Todos al suelo, como zapatos.

La mujer lo vio todo. No se fue hasta ver al último indigente írsele la vida. —Y así es como se limpian las calles. —Dijo en voz alta, satisfecha de su acto de buena fe ese día.

Puso la canción de Ana Gabriel y Vikki Carr y cantando a todo pulmón, imitó las dos voces:

Y si él se va
lo habrás perdido
que me quedará lo que has vivido
tu consejo no me aleja del dolor
son cosas del amor.

—Encendió el motor. Con las dos manos en el volante, tranquilamente se marchó.

Ya con tiempo para buscar su próxima obra de caridad.

El callejón

Las piernas me hacían tiquiriquití. El corazón acelerado. Con mucho esfuerzo logré moverme. Fueron los diez minutos más largos de mi vida. No supe más de mí. De repente caí. Al levantarme me di cuenta donde estaba. Estaba en un callejón. Oscuro. Muy oscuro. Abrí los ojos y nada vi. Ni siquiera mi propia piel. Me toqué. ¡Estaba en pelota! Sin nadita de ropa. Ni un panty llevaba. ¡Omaiga! ¿Cómo así? Si yo no soy un cuero para andar enseñando todo. Me sentí unas ronchas. Me picaban. Mucho. Ta bueno que me pase, por andar encuera. Aunque no fue mi culpa. Los bichos no perdonan. Y bueno, así como estaba, me paré. Me caí. Entonces gateé, siguiendo el mismo callejón hacia la luz.

Ariel

Por ahí va Ariel, esa niña inocente con rizos rojos y un pelo malo raro. Nadie del barrio entendía el porqué de su extraña apariencia. Los padres de su padre, Juan, estaban decepcionados. Todo por ese Juan estar de loco, decía la gente.

Era obvio que Ariel no era igual que todos los demás de la familia. La mayoría eran blancos, pelo lacio, con los ojos claros. Algunos con pelo negro, otros con pelo rubio, la mayoría con melenas castañas. Pero Ariel no. Ariel llevaba piel canela, rizos rojos malos y ojos tan verdes como una laguna. ¡Qué maldición para esa pobre niña! Nacer así, jabá. Sin pertenecer ni aquí ni allá. Ya verá usted Doña, le rezaremos a la Virgen por la niña, le decía la gente su abuela. Gracias, gracias, les respondía la abuela, aparentando esperanza.

Y todo por culpa de su hijo, que no se aguantó y se lo metió a esa morena. Ahora su primera nieta es un fenómeno de la naturaleza. No la podía ni peinar.

El cepillo se le atrabancaba en esos alambres rojos que llevaba de pelo. Había que llevarla al salón a desrizarla, para ponerla decentica. Coño Juan, ¡qué vaina! Dañaste la raza. Le decía la doña a su hijo mientras le jalaba el pelo a la niña, tratando de peinarla.

Los cuadritos

Pasan las horas. Pasan y nada pasa. Él se viste despacio, pero con una prisa incontrolable. No entiende. No entiende el porqué de todo esto. Por qué le dijo que sí cuando no le gusta. ¡Si esa mujer es un grillo! No es justo, piensa.

Se cambia. Se levanta la camisa. Se mira en el espejo. Admirando sus cuadritos, sonríe. Con la misma calma con la que se puso la ropa, se la quita. Entra a la cama. Deja que su cuerpo desnudo acaricie la sábana de algodón egipcio. Se acomoda entre las almohadas y sus osos de peluche. Agarra el móvil que lo estaba esperando en la mesita de noche. No se acuerda bien del nombre. E. Empieza con e, se dice. Busca en el directorio de su teléfono, y la encuentra. —Ebérnida.

—Dice en voz alta. Y al escucharse decir el nombre pone una cara de asco. Lo selecciona. Con pereza escribe lo siento, estoy malo. ¿Otro día?

Sin pensarlo, lo envía. Inmediatamente se arrepiente. Se cubre con esa maravillosa sábana de algodón egipcio, y hasta el otro día.

El concierto

—Hemos llegado. —Dijo Angelita. Abrazó a Rosita fuerte, como si se le estuviera acabando el mundo.

—Muchacha ¿y qué es? Cálmate. —Le dijo Rosita, deshaciéndose del abrazo.

—Ay no. No puedo, no puedo, no puedo. ¡Es que me va a dar un yeyo!

—Si te da un yeyo te dejo aquí mismo, ¿me oíste? Así que más te vale que te calmes.

—Ok, ok. A respirar. Uno, dos, tres.

—Sí, sigue contando. —Rosita aceleró el paso.

—Camina, carajo.

—Luego de una larga fila para entrar al teatro, llegaron a sus puestos. Estaban en la platea, muy cerca del escenario.

—Ay Dio, Rosita. ¡Pero mira qué cerca estamos! —Angelita se pinchó los brazos, a ver si era soñando que estaba.

—Bueno. Ya si fue. —Rosita se sentó. Sacó de su

cartera una botellita de vodka. Se dio un trago. Se lo pasó a Angelita. —Toma mujer. Agárrate de ahí. A ver si te calmas.

—Angelita se puso a brincar como loca. Rosita le meneó la falda.

—Coño Angelita, ¿pero tú eres anormal o qué? —Y de un tirón la sentó. —Toma, bebe.

—Tá bien. —Angelita se pegó de la botellita de vodka. — ¡Qué vaina más mala!

—No te quejes ahora. Dale gracias a Dios que acepté venir contigo a esta vaina. No ni sé qué es lo que tú le ves a este tiguere. —Rosita le arrebató la botellita de las manos de Angelita. Se dio otro trago.

—¿Cómo así? Si es lo máximo.

—Yo no sé no. Ese tipo a mí no me convence. Supuestamente es pájaro, pa' colmo.

—Ay, no me jodas tú a mí, Rosita. ¡Tú siempre con tus vainas!

—Te toy diciendo.

—Señoras y señores, el espectáculo va a comenzar. —Dijo una voz en off.

—Ahora es, ahora es. —Dijo Angelita, murmurando. No lo podía creer. Estaba ahí. Por fin. A punto de escuchar y ver en carne propia a su ídolo de toda la vida. Su amado. Su salvador. Su Dios. Innumerables fueron las noches con las que soñó con este momento.

Y ya por fin estaba ahí. Rosita, sin embargo, no esperaba la hora que se acabara el concierto. Seguía bebiendo de su botellita de vodka y mandando mensajitos por WhatsApp.

—Míralo ahí, Rosita. Míralo ahí. —Angelita le decía mientras le meneaba el brazo.

— ¡Ay qué tipo que está bueno!

— ¿Me vas a arrancar el brazo es? —Y le quitó la mano de encima.

A Angelita no le importó, pues su amado ya estaba en la tarima.

— ¡Uy! ¡Uy! Diablo, papi ¡qué bueno tu tá! ¡Uy uy! —Gritó Angelita, parada, aplaudiendo fuerte. Rosita, de la vergüenza, se bajó lo más que pudo, tapándose la cara con la cartera.

Había más gente aplaudiendo, pero los gritos de Angelita sobrepasaron a los demás. El artista, que recién había entrado al escenario, puso una cara de asombro. Se acercó al micrófono.

—Buenas noches, gente. —El público seguía aplaudiendo. —Angelita, que era la única que estaba parada. Seguía gritando. ¡Ay! ¡Te amo papi chulo!

—El artista se rió. Esperó un momento a que pararan los aplausos. Los aplausos pararon, menos Angelita. Ella seguía gritando, hipnotizada. Rosita le meneó la falda y le dijo bajito, —ya está bueno, Angelita. —Pero Angelita no hacía caso.

El artista, miró alrededor, habló al micrófono: —A ver, ¿me pueden prender las luces para ver al público, por favor? —Encendieron las luces del teatro.

—Trágame tierra. —Dijo Rosita. No había caso. Angelita seguía en su griterío. Como Angelita y Rosita estaban cerca de la tarima, no fue difícil para él verla.

—A ver, usted. —Dijo él por el micrófono, señalando a Angelita. Pero ella seguía gritando y ni cuenta se dio. Rosita, todavía sentada con la cartera sobre la cara, le habló. —Angelita, te está hablando. —Angelita al fin entró en razón.

—Ay, ¿es a mí que me está hablando? —le gritó Angelita, para asegurarse de que él la escuchara.

—¿A quién más? Ven. —Y con la mano le hizo seña para que vaya al escenario. Angelita no lo pudo creer. Rapidito fue hacia el escenario. Subió a la tarima. Estaba ahí, de tú a tú con su ídolo. Pero cuando lo miró a los ojos, él no estaba. Era una hoja en blanco.

—Hazme el favor. O dejas el griterío, o te vas. —Le dijo. Angelita se quedó tiesa.

—Ya, mejor vete. Loca vieja. —Angelita lentamente bajó del escenario. La decepción se le subió hasta los cabellos. Angelita fue a su sitio. Rosita le preguntó con la mirada.

—Nada. Es un mierda. Como los demás mierdas que andan por ahí. Vámonos.

—Ok. —Dijo Rosita, sin preguntar mucho. Se pararon, la música sonaba de fondo.

Ya en la puerta del teatro, Angelita se volteó y lo miró por última vez. Y sin pincharse los brazos esta vez, se fue.

Eco de verano

Recuerdo esos veranos llenos de felicidad. Recuerdo estar aquí. En mi mente, ahora de hojalata. Tan fría, tan rígida. Mi alma se desintegra y soy frágil. Me falta aceite. Miro, busco, pero nada encuentro.

No recuerdo el porqué. Cómo vine. El porqué me he convertido en nada más que un pedazo de metal.

¿Aló?

¿Hay alguien ahí?

¿Aló? ¿Aló?

Repito, pero nadie contesta. Sólo responde mi eco. Todo está oscuro. Nadie piensa que es posible. Pero aquí no hay nadie para pensar. Sólo yo. En este cuerpo de metal, ya no me puedo mover. Veo una luz, allí en el horizonte. Necesito ayuda.

¡Alguien! Grito, pero ya es muy tarde. Ya mi boca no se mueve. Me he quedado como lo que ahora soy.

El papi

Él dice que no. Dice que no al miedo. Se juró a sí mismo que nunca más se iba a permitir sentir esa impotencia que experimentó ese día. ¿Cómo puede ser que no se puede caminar ni a la esquina, sin temor a que te atraquen, te violen o te maten? Y puede ser por cualquier cosa: por un celular, por tener el pelo bueno, el pelo malo, por ser diferente, por ser igual. En fin. No estamos salvos en este mundo, pensó Eliseo. Era harto que estaba. Sobre todo, por lo que le pasó. Sólo él y esos hijos de su maldita madre saben lo que realmente sucedió aquella horrible noche. Su familia se alegró de que él salió de ese infierno sano y salvo. Pero una cosa es segura: él ya no es el mismo.

La primera semana después del atraco, se la pasó encerrado en su habitación. Hasta que sacó coraje y se miró al espejo. Se dio dos galletas sobre su demacrada cara y despertó. Empezó a ir al gimnasio, cambió su dieta y forma de vestir. Poco a poco se puso fit. Ya no es el debilucho de antes. Ahora anda roca. Viste chaqueta de cuero, y no sale de su casa si no es armado.

Así anda, con su cuadre digno de un gánster. Todas las mañanas se engancha su 9mm y se va. A ver si aparece algún pendejo que quiera meterse con él. Ahora, es todo un papi.

¿Por qué no puedo jugar vitilla?

—¡Aprieta, Marleni, aprieta! —Le gritó Soraya a su hija.

—Mamá. Pero es que no entiendo. ¿Que apriete qué? —Soraya, al escuchar esto se puso la mano en la cabeza.

—¿Pero cómo que no entiendes? ¡Aprieta!

—Marleni volteó la cara, y desde la ventana miró con envidia a sus hermanos y primos jugar vitilla. Con la mirada fijada en ellos, le habló a su madre.

—Mamá, ¡pero que yo lo que quiero es jugar vitilla con los muchachos!

—¡Qué vitilla ni que ocho cuartos! Lo último que me faltaba. ¡Una hija marimacho!

—Soraya dio varias vueltas sobre su mismo eje, haciendo un hoyo en el suelo de tierra sobre el que pisaban sus pies descalzos.

—Entiende que ellos son varones. Tú eres hembra. Por lo tanto, te toca practicar. Aprieta ahí por mínimo diez minutos.

—¿Pero que apriete qué?

—¿Y vas a seguir? Que aprietes el toto, carajo. ¡El toto! —Marleni, todavía mirando hacia afuera, ni la escuchó. —¡Marleni!

—Esta vez sí la escuchó, pero decidió ignorarla. A ver si la dejaba en paz.

Le salió el tiro por la culata. A Soraya se le hirvió la sangre. Agarró a Marleni por la mandíbula y ella misma le volteó la cara hacia ella. —Qué me mires cuando te estoy hablando muchacha del Diablo. ¿Cuántas veces te lo he dicho? Aprieta mejor será.

—¡Pero mamá! —Soraya perdió la paciencia. La agarró del brazo esta vez y la llevó al otro lado de la sala. La paró enfrente de un espejo gigante oxidado. Marleni se vio enterita.

—¿Qué ves? —Le preguntó Soraya a su hija, casi gritando.

—Pues a mí misma. —Le respondió Marleni, con un tono de 'obvio, mamá, ¡qué pregunta más idiota!'

—Ah caray. Pero, ¿cómo eres? Piensa, coño, que para algo te mando a la escuela.

—Bueno, ni un palo e luz, pero tampoco un tanque.

—Dios mío, pero si será bruta. Mírate bien. ¿Qué más?

—Marleni miró fijamente al espejo, y logró encontrar su reflejo. En sus ojos ahuyama, se encontró.

—Soy, ¿blanca? —Soraya respiró.

—Exacto, Marleni, blanca. —La interrumpió Soraya, entusiasmada. —Ahora mira allí.

—Le ordenó, señalando a un grupo de muchachas, aproximadamente de la misma edad de Marleni, que caminaban por la calle. —¿Qué ves ahora?

—Un grupo de muchachas.

—¡Error! Marleni. Es un grupito de haitianas. Prietas haitianas, ¿oíste? Ellas son tu competencia. Llevan el cocomordán en la sangre. Van de robo. Pero tú no, Marleni. Tú no. ¡Aprieta!

—Marleni se miró en el espejo, luego a las haitianas. Algo en su expresión cambió. Se sentó en la mecedora de su padre ausente, y empezó a apretar.

Hacia el mar

Allí, al otro lado de los rieles. Allí, se encuentra la paz. El amor. El coraje. La riqueza. Todas esas cosas que dan pena.

Ando perdida. Perdida en el corazón del mar. Huyo hacia el corazón del mar, porque es el único lugar que no me rechaza.

El mar me llama. Me llama desde sus playas.

Sus gritos.

Las olas que se estallan contra los arrecifes son los gritos de un ser gigantesco y triste. Triste porque todo lo que la tierra no quiere, al mar se va.

A ese océano gigante y temeroso. Temeroso de tanto náufrago. Sí. Al final, en materia, en ceniza, en aire, todo va hacia allí. A ese mar sin fondo. Sin fondo porque no lo puedo ver. No logro llegar. Nado hacia su pecho, y ese pecho nunca llega. Parece todo y nada.

Nado. Espero algún día llegar.

Algún día.

Quizá.

Recuerdo esto y aquello

¡Ay! ¡Pero qué calor hacía! Tan sólo recordarlo me hace sudar. Esos calores con un aire húmedo que si no fuera por abrir los ojos, no me hubiese dado cuenta de que estoy en esta ciudad árida y muchas veces fría, y no en la playa. Aquí no hay costa. Nada de mar. Ni un laguito siquiera. Bueno, hay un río que si te metes, seguro que sales con lepra. Y piscina, eso sí.

A lo pronto olvidé el río y sus peces muertos, y me concentré en la piscina. Entonces, con la ilusión de un niño, abrí la última gaveta de mi gavetero de madera. Rebuscando entre la ropa interior, los pijamas y el pasaporte, los encontré. Uy, por fin. Por fin ha pasado el invierno y ya podré ponérmelos, pensé. Los saqué todos y los tiré en el piso, ya que amontonados en esa gaveta no podía verlos bien.

No recordaba tener una tan vasta colección de trajes de baño y bikinis. Me probé el bikini que sobresalía de la montañita de ropa y, ¡horror!

Horror por dos cosas. 1. No me había depilado y lo que tenía ahí abajo era un bosque en vez de una popola. Y, 2. Tenía una barriga, que ¡Jesú María Purísima! Ni que tuviera seis meses de embarazo.

Con el bikini rosado puesto (el más lindo pero el que me queda más feo) busqué una navaja de afeitar por toda la casa. Busqué y busqué y no la encontré. Así que, con el moco pa' abajo, volví a mi habitación. Con todos los trajes de baño y bikinis en el suelo, me encueré. Dejé que el bikini rosado cayera debajo de mis pies y se uniera a los demás.

Tal vez debo regalarlo. Total, pa' qué lo tengo, si me da vergüenza ponérmelo, pensé. Y nada. Me removí. Me removí en mí mismo eje, como la tierra y la luna se remueven alrededor del sol. Me moví a ver si así también se movía la grasa que tengo acumulada. Esa grasa en la panza, en las caderas, en las tetas. Ay, no, espérate. La de las tetas no. Esa grasita ahí está bien. Al menos sirve de algo.

Y en ese momento de pura nostalgia por un cuerpo de modelo (que nunca he tenido) recordé el día en el cual me di cuenta de que pudiera estar mejor. Recordé ese día que fui a una tienda en la que vi un lindo vestido color mostaza. Era regio, aunque no tenía ocasión en el cual podía usarlo de momento. Pensé tal vez, si me invitan a una boda, o a un party, podría ponérmelo. Así que me lo probé. Me lo probé, y, ¡anda pal diablo! No me sirvió. Y eso que era de mi size. Si no me sirvió, el size que era mi size ya dejó de ser mi size. Oficialmente estoy gorda, me dije, mientras con una gran pena me lo quité, como quien se quita insectos de la piel.

Ese día del calor, con el bikini rosado, me volví a sentir así. Por lo cual opté por ponerme un enterizo de leopardo. A ver si el estampado disimulaba la panza, y los pelos que se me salían de los costados de la popola.

Podía tal vez no haber ido a la piscina. Pero es que, con ese calor, tocaba. Y cuando toca, toca. Así que, con todo pelo y panza, me fui a la piscina. Eso sí, no me puse como esas palos de luz a tomar sol enseñándolo todo. Si yo lo que tenía era calor. Así que tan pronto llegué me tiré en la piscina. Y por unos segundos me olvidé de mi bosque en vez de popola y de mi panza indecente.

Cerré los ojos y me transporté al caribe. A esos días sin pelos en la popola ni panza, sólo mar, arena, sal y un sol amarillo y hermoso, que a veces también tengo aquí. Pero no tengo mar, ni arena, ni sal. Al menos tengo piscina, (cuando me animo a ir hacia ella). Entonces nadé, floté, tragué agua. Me quedé ahí adentro hasta que yo también olía a cloro. Hasta que se me arrugó la piel. Sólo después de envejecer momentáneamente, salí. Y ahí fue que me di cuenta de ese tipo raro que no dejó de mirarme. Si él me miraba así, pues yo también. Lo miré fijamente y no supe qué decirle. Sobre todo, porque tenía un bigote mal puesto. ¡Qué raro! Pensé. Tenía el bigote donde debían estar los labios. Y ahí fue que me di cuenta de que su bigote era falso. Qué extraño, ¿no? Realmente sí sabía qué decirle. Podía decirle: oye, tienes el bigote mal puesto. Si fuera yo, me gustaría que alguien se apiadara de mí y me lo dijera también. Pero no, me salí corriendo de la piscina a taparme los pelos y la panza. No le dije ni pío.

¡Qué rico estaba ese solecito! Ese sol que calienta la brisa sin que se enteren los labios. O en caso del tipo raro ese, los bigotes falsos.

Todavía con la toalla abrazándome lo poco de cintura que tengo, mi tiré en el duro piso de concreto, pues ahí no había cheilón para tirarse.

Seguí tirada un bueno rato. Divagando. Dibujando mentiras en el aire con las manos. Escuchando de fondo, como un soundtrack las conversaciones de la gente. Abrí los ojos otra vez y me di cuenta de que ¡ah coño! era la única que andaba sola. Por eso el soundtrack estaba tan alto. Tenía unas ganas de decirle a todos ¡cállense coño! ¿No ven que necesito silencio?

Como cuando hice mi primer viaje a esta tierra que ahora es mi hogar. Cuando andaba con mi papi y a veces callábamos. Cuando otras veces no parábamos de hablar de los planes que teníamos una vez pisáramos tierra.

Era de noche en el avión y habían apagado las luces de los pasillos. Pero papi y yo seguíamos bien despiertos, todavía en hora caribeña. Nos la pasamos contando cuentos. Chismeando. La azafata nos miró con una mezcla entre complicidad, desconfianza y súplica.

Por unos segundos callamos y la miramos. Ella sonrió, sólo para nosotros ignorarla y seguir con nuestra charla.

Hoy es hoy, y ni mi papi, ni la azafata están. Eso sí, de vez en cuando aparecen esos pelos traicioneros a los costados de mi popola. Y mi panza. ¿Qué decir de mi panza? Mi panza siempre está ahí.

El gringo, el suizo, y el lagarto

El tipo suizo llevaba en el puesto un mes cuando llegó una adinerada pareja de gringos. Desde el momento en que entraron al pequeño vestíbulo tuvo la impresión de que le iban a causar problemas. Tenían la pinta de los típicos clientes insatisfechos, de esos que van al mostrador de recepción para quejarse de cualquier mierda. El suizo se sentó detrás del mostrador de recepción, se sirvió un vaso de whisky y esperó la furiosa llamada de la pareja. Llegó en menos de quince minutos.

—Hay un lagarto en el baño. —Chilló la voz ronca al otro lado de la línea.

—Hay muchos lagartos en la isla, señor.

—Dijo educadamente el suizo, en su español machacado. —Es parte del encanto del lugar.

—¿Del encanto del lugar? ¿Del encanto del lugar? —Gritó el gringo. —Mi esposa y yo no estamos nada encantados. Quiero que suba alguien a sacar ese lagarto de nuestra habitación pero ya. ¿Me oye?

—Señor, eliminar ese lagarto en particular no servirá de mucho, —respondió el suizo.

—¿Cómo así que no servirá de mucho? ¡Quítemelo ya! —Le interrumpió el gringo. El suizo respiró profundo y siguió explicando.

—La zona está llena de lagartos. Hay muchas posibilidades de que mañana por la mañana encuentre unos cuantos, del mismo tipo, en su habitación. Puede que incluso en su cama. Pero eso no es tan malo porque esos lagartos al menos se comen a los insectos que pudieran picarle. Sobre todo, los mosquitos.

—¿Me dice usted que además de lagartos hay también mosquitos? ¿Pero qué clase de hotel cinco estrellas es este? —Al tipo suizo se le engranujó la sangre. Sabía lo que eso significaba. Otra vez respiró profundo mientras aguantaba la galleta sin manos del estúpido gringo. Entre gritos, intentaba responderle.

—El tipo de hotel qué está en una reserva ecológica, señor. ¿O no se ha dado cuenta?

—El gringo trancó el teléfono, sólo para ahora ir a chillar en persona. El suizo contó los minutos. A ver cuánto tardaba en llegar. Uno, dos, tres, cuatro, cinco. Ahí llegó el gringo, corriendo como un bólido por las escaleras.

—Bueno, bueno… reserva ecológica o no, esto es inconcebible. ¡No lo puedo creer! Tenemos aquí un buen rato y mi esposa sigue allí con el lagarto. ¡Ordeno que lo quiten del cuarto cuanto antes! —Seguía gritando el gringo, desesperado.

Qué idiota. Pensó el suizo. Lo miró fríamente mientras sacaba un documento grueso con olor a viejo.

—Bueno, ¿entonces qué? ¡Quiero ese lagarto fuera de mi vista! —Al gringo se le notaba una vena en el cuello a punto de explotar.

—De acuerdo, señor. Pero antes que saquemos el lagarto, debe firmar esto.

—Le pasó, así sin más, el documento. El gringo estaba más sorprendido y más agitado. El suizo esperaba otra reacción más violenta del gringo. Pero ese gringo era un aguajero. A su vez, tomó un sorbo de su olvidado vaso de Whisky, ya diluido por el hielo y la humedad.

—¿Y esto qué es?

—Señor, es el contrato que dice que si al retirar algún lagarto de la habitación, usted o su esposa contraen el dengue u otra enfermedad que se transmite vía insectos y les pasa algo, no pueden denunciar al hotel.

Al escuchar esto, al gringo se le pusieron los ojos como dos huevos tibios y se le subieron los colores al rostro. —What the fuck?

—Dijo el gringo entre dientes. El suizo le cortó los ojos, ya impaciente.

—Whatever. ¡Quíteme ese lagarto de ahí o me voy!

—De la misma manera en que le cortó los ojos anteriormente, así le pasó el suizo el documento. A lo bruto, pero con calma. El gringo gritó a todo pulmón, mientras firmaba el documento.

—These fucking latin people. No wonder this place is as it is. —Dijo el gringo en inglés, con la intención de que el tipo no lo entendiese. Pero de lo que no se percató es que el tipo era suizo, y por ende su inglés era hasta que mejor que el de él. Esto al suizo le causó gracia más que otra cosa y decidió dejar al gringo con su ignorancia. A ver qué más dice, pensó. Al poco rato le contestó.

—Bien. Como quiera. —El gringo salió de la recepción rápido y triunfante, como si hubiese ganado la segunda guerra mundial. Al poco rato le quitaron el lagarto del cuarto.

A los varios días se fueron los gringos locos. El suizo no había estado tan alegre como el día en que se marcharon, salvo cuando se enteró que al gringo le dio la chincuncuya.

—A ver si algún día aprende, ese idiota.

—Pensó el suizo mientras se rascaba la calva, sin soltar su vaso de whisky.

No más helados

Aquí estoy. En la supuesta capital de un remoto lugar llamado Vietnam.

¿Capital? ¿Pero de qué van? Si lo que es, es nada. Estoy en la nada, donde sólo existen salvajes comiendo arroz.

Llegué en el 1917, con mi exesposo Jean-Pierre. Desde que salimos del barco y pisé tierra vietnamita, mi corazón se hundió. Y con el tiempo, se hundió a su vez mi amor por Jean.

Vine, con marido. Aquí sigo, sin él.

Extraño París. Extraño los días de felicidad en Montmatre. Extraño el olor a pan. Extraño el idioma. Mis amigos. La libertad.

Jean, ¡Me traicionaste! Grito de vez en cuando para desahogarme.

Grito, una y otra vez. Pero nadie escucha.

París. Ese era el trato. Venir a Vietnam la ida por la vuelta y luego regresar a París. Hacerme el amor en nuestro rinconcito de la Plaza Saint Michel. Abrazarme desnuda, sentir su cuerpo contra el mío y nunca más dejarme ir. Pero no. Nada de eso pasó. Ha llovido bastante desde entonces.

Cuando Jean me encontró pintando en las calles de Berlín, me enamoró. Me prometió un mundo más allá del mío. Me ofreció el cielo, París, Cannes. Su amor. Y como un ratoncito caí en la trampa. Dije que sí y me atrapó. Él dice que me rescató. Yo también lo pensé por un tiempo. Luego me di cuenta de que no.

Me dejó esa noche fría en la fiesta del embajador. Me dejó ahí, plantada y se fue con Eva, mi única amiga en este infierno. Alemana también, por cierto. Esa puta. Está bueno que me pase por confiar en ella.

Y Jean. ¿Qué decir de Jean? ¡Ese sí que es un perro! ¡Cómo pudo hacerme esto! Mi sacrificio todos estos años, se evaporó con el viento. Me comí todas sus mentiras como si fuera un helado de vainilla. Ya no me gustan los helados.

En fin. Aquí estoy. Me dejó y desde entonces no he podido volver a la civilización.

No sé si podré jamás.

Así que nada.

Sola, con mi lienzo en mano, ando. Ando por las calles de esta maldita ciudad, esperando tal vez verle. Tal vez verme, en la sonrisa falsa de algún local. Mientras intento pintar su alma con colores turbios. Sin piedad.

La de los ojitos verdes

Ayer se asomó por la ventana una mujer blanca. Tan blanca como la nieve, con unos ojos verdes esmeralda, y el pelo tan negro como la noche. Su belleza translucía a pesar de sus trapos rotos y cara sucia. Como dicen por ahí, tenía porte.

No sé si tenía algo que decir, porque siempre callaba. Me miraba, a los ojos siempre.

Uy, ¡qué miedo me dio esa jeva!

Agarré mis motetes y me fui.

Sin oficio

¿Qué es? Esa pintura que me espera al final del día. Esa pintura todavía sin hacer. En el lienzo no está, pero cada vez que cierro mis ojos la veo. Estoy en el lodo. No sé. Perdida tal vez. Entre el aquí y allá.

¿Qué espero?
Si todo se vuelve nada.
Esa pintura es nada. Nada por hacer.

De muñequita en muñequita

Al despertarse, siempre lo ve. Ese tarrito de vidrio pequeñito, con una tapa de aluminio amarillo, color oro.

Dentro del tarrito de vidrio hay un corazón en 3D, gordito, color plata. Plata en oro, no oro en plata. Desde el día que ella lo puso ahí, sigue ahí, dueño del salón, cogiendo polvo y una que otra luz que entra por la ventana.

El tarrito es de él. De él porque ella se lo dio al ponerlo ahí encima del piano antes de irse. Primero era de ella, pero ella se iba, y no iba a volver, por lo tanto, ahora es de él. Y aunque es de él, nunca lo siente suyo, pues siempre la ve en él.

Tal vez por eso es de él. O, mejor dicho, es él. Suyo. Su corazón atrapado, sin vida.

Su corazón que quedó atrapado el día que ella se fue.

Al menos no se lo llevó.

Todos los días lleva la misma rutina. Se cambia, desayuna y se va a trabajar. No le queda muy lejos de la casa, por lo cual camina. A veces quisiera que no fuera así. Que le quedara lejos. Muy lejos, para así pretender también irse, como lo hizo ella, aunque vuelva en las noches. Pero no. Le queda bien cerquita. Por lo cual a veces, de camino a la casa, se desvía. Se desvía para ver si se pierde. Para ver si a la misma vez se encuentra.

Camina y camina, no importa el clima, no importa si se le va la hora. Ya no hay quien lo espere en casa con la cena recién hecha. Bueno, tal vez su sombra, si es que no anda con él. Por eso a lo mejor se siente así, mocho.

Una tarde larga de verano se fue por otro lado. Es lo que más le gusta, descubrir otros lugares, aunque no sepa como regresar. Sobre todo, si encuentra paz. Al poco rato le entró una pajita en el ojo. Lo cerró y al abrirlo, ¡puf! un lago apareció al frente. Qué bien, pensó él, porque tenía mucho calor. Con el color azul del lago y la brisita le dieron ganas de tirarse al lago. Miró hacia un lado, luego al otro. Perfecto. Estaba solo. Se quitó toda la ropa. ¡Hasta los calzoncillos! La panza y las bolas colgando. Miró hacia abajo. ¡Fuchi! Él mismo se daba asco.

Con razón ella me dejó, pensó. Él sólo espera que no haya sido para irse con un estudiante universitario o un chofer de carro público, aunque estén roca. ¡No señor! Con vividores así no de por Dios. No sabe con quién se fue ella. O si fue con alguien que se fue. Pero de que se fue, se fue. Ya está bueno de tanto pensar en ella, dijo él en voz alta. Y así fue como él, en pelotas, se encontró con aquellas.

Al tirarse al lago, se topó con no cientos, sino miles de muñequitas rusas que salieron a flote al él entrar. Todas de distintos tamaños. Algunas incluso mucho más grandes que él. Si las juntara todas y las pusiera una dentro de otra, alcanzarían el cielo. Si él cupiera con ellas también, tal vez así él también alcanzaría el cielo. Pero no tenía espacio para nada; ni para mover los cueros de sus brazos. Así que, rapidito, salió del lago. Ni siquiera se puso la ropa. La dejó allí, a la orilla del lago. A ver si las rusas hacen algo con eso. Qué la laven y le quiten el bajo a verija y a sudor, quizá, ya que no le dejaron ni siquiera nadar. Así qué, él, ahora un viejo sin vergüenza, sigue perdido.

Así es él: un viejo sin vergüenza, perdido, y encuero.

Más chile, por favor

Es primavera. Aura desliza sus pies por la nieve sucia e indocumentada. Primero uno, luego el otro. Más nieve le cae encima. Encima de su gorrito. Encima de su abrigo. Sobre sus anteojos. Sobre sus pestañas.

Sus huesos le tiriquitean. Coño qué maldito frío, dice en voz alta.

Una pareja que va en vía contraria se voltea al escucharla. Pero a ella no le importa. Camina rápido, pero sus pies no avanzan. Esa nieve gris mezclada con hielo es traicionera. Lleva horas ya en lo mismo. Todavía no llega, pero no puede más. Levanta la cabeza. El viento la recibe con una galleta. ¡Ti tuá! Como en las telenovelas. Aura saca su mano reseca de su bolsillo y se roza la cara. Se la siente roja. Caliente. Ya está bueno piensa. Mira al otro lado de la calle. Wagamama's dice el letrero. No tiene hambre, pero le da igual.

Entra. La recibe un italiano. Qué raro. Un italiano pasado meridiano en un restaurante oriental. Será la globalización, piensa. Espera un poco. Finalmente la llevan a una mesa larga. A su lado hay dos adolescentes, hablando una que otra mierda, comiendo un lote, bebiendo limonada. Aura se quita el abrigo lleno de migajas blancas. Al menos no es caspa. Lo coloca en el colgadero. Regresa a su mesa y se sienta. De momento no mira el menú. Si no tiene hambre. Pero espera un poco y los olores le abren el apetito. Ojea el menú. No sabe qué quiere. Pero mejor será que pida algo, se dice bajito. Al fondo a la derecha del menú, como los baños, lo encuentra. Alza la mirada. Los meseros andan en lo suyo. Como niña buena levanta la mano. Ahí viene alguien, una muchacha en este caso. Quiero este por favor, le dice Aura. Ah, y una cerveza, por favor. Cómo no, le responde la mesera, lo suficientemente cordial, pero con un poco de envidia. Aura espera. Mira a todos lados. Hay mucha gente. Mucha gente que son nadie. Los adolescentes no se callan. Le torturan la vida. Si pudiera cambiar de sitio lo hiciera, pero no, la casa está llena. Parece que todo el mundo tuvo su mismo plan.

Le llegan los fideos. Calientitos. Olorosos. Me trae chile por favor, le pregunta a la mesera. La mesera le señala con el dedo los potes blancos en la mesa. Como diciéndole: ahí está imbécil. Se voltea y se va a atender a otros clientes, con la misma gana. Aura se queda sola, con sus fideos y cerveza. Agarra el pote blanco.

Lo huele para asegurarse que sea chile. Es chile. Les pone chile a sus fideos a ver si le da sazón a su vida. A ver si le mata el frío. Lo prueba. No es suficiente. Le unta más, hasta que le arda la lengua y no aguante. Igual se lo come todo, aunque llore. Nadie la mira. A nadie le importa. A ella tampoco. Termina. Señala que le pasen la cuenta. La mesera se la tira al frente. Paga. Agarra su abrigo. Se lo pone, asegurándose que esté cerrado. Se larga de ese lugar calentito y siniestro. Ya afuera, la nieve sigue cayendo. Le cae encima. En pegotes. Como la vida misma.

La agente 007

Era lo normal. Mamá me espiaba. Siempre. Me intervenía las llamadas telefónicas. Se escondía detrás de cualquier mata y me miraba. Sólo cuando le era conveniente, se hacía sentir.

Así fue como ahuyentó a Manuel.

Al final se puso de novio con otra: Abril. No lo culpo. Si no me dejaban salir ni a la esquina.

El mundo era inalcanzable. Yo era inalcanzable. Papá nunca paraba en casa. Mis hermanos nunca intervenían, no vaya a ser que ella les cortara el agua y la luz. A pesar del tiempo, no he logrado perdonarlos. No sé si podré jamás.

Cogí el esceibol de mi hermano. Me agarré detrás de una camioneta. Y con ella, me fui.

Sí, pero no

—Llámame cuando quieras.

—¿En serio?

—Sí.

—¿Y si ella está ahí?

—Da igual. Ya le he dicho de nosotros.

—Marcos le acarició la pantorrilla. Alma se derritió por dentro. Trató de ser fuerte, en vano.

—Anjá. Y… ¿es que no te da vergüenza?

—Le respondió, buscando justificarse.

—¿Por qué me va a dar? Ella debe de entenderme. Si pasó lo mismo con ella.

—Ya. —Alma alzó la mirada, entendiendo, pero no del todo. Se tocó la barbilla sobre su barba invisible. Suspiró al vacío. Un incómodo silencio inundó el aire, pero por un rato ninguno habló. Se dejaron llevar por el cantar de los pájaros de la esperanza.

Cuando Marcos pensó ganar, saltó ella, —¿y si llaman las mellizas?

—Entonces no contesto y sabrás que estoy con ellas. En esos casos no insistas más.

—Alma, derrotada, se rascó la piel a ver si se lo quitaba de adentro. Marcos le agarró la mano, feroz, y le dijo, —pero llámame igual. Así sabré que aún me quieres. —Alma alzó la mirada, y comenzó a rascarle el lunar de la frente.

Porno de peces

¿Lo puedes creer? Anduve ayer en internet, navegando tranquilamente y me encontré con unos peces. Ahí en lo suyo. En lo sucio. Sin embargo, en nada. Son solo peces. En la nada. Mirando a ver. Si es que pueden ver. ¿Será que me ven a través de la pantalla? En la intemperie. En su intemperie.

¿Estarán felices así: siendo peces? Digo, tal vez quieren ser algo más que esas bolitas que muerden. Pero si no muerden, no duermen. No hacen nada.

Tal vez no son ciegos. Tal vez con sus ojitos llenos de agua logran mirar lo que yo no puedo. Logran mirar hacia la luz donde el sol ya no es rey. Donde no importa si brilla o no. Donde sólo exista.

Entre frías y bachata

Cachete con cachete. Apretaditas. Como si nadie las estuviera mirando, bailan bachata. Sus vestidos de arandelas flotan con la brisa. El olor a mar les inspira felicidad . De vez en cuando les salpica un poco de esa agua violenta que traen las olas al chocar con las rocas del Malecón. Una con su Presidente en mano, la otra, entaconada. La gente las mira con asco y vergüenza ajena. Y ellas, como si nada. Siguen con su bachata. Dando pasitos, oliendo al mar.

El funeral

Era una noche única, fría como ninguna. Estaba allí. Tiesa. Cansada de tanto llorar. Con los ojos hinchados y la piel roja, envuelta en ronchas.

Estaba allí, petrificada. Lejos en sus pensamientos. Sola, pero unida con los demás en el dolor.

Hacía tanto, tanto tiempo sin verle. Sin hablarle. Sin escribirle. Antes estaba, ya no.

Solo permanece en su memoria. En fotos. En recuerdos. Pero ella sí. Su cuerpo al menos seguía ahí. Como una estatua, mientras observaba al resto pasar, llorar.

En fin. Sí. Ese era el fin para ese cuerpo en el ataúd que una vez fue su hermano. Y a su vez el de ella también.

Él muerto. Ella, muerta en vida. Así lo miraba, sin alma desde su silla. Pensando en nada.

Ojo con el pezón

Llego a la oficina en bicicleta. No debería, con todos los locos que hay por ahí. No todos los riesgos valen la pena hacerlos. Pero este, sí. Me ahorro un dinerito, veo algo más que los sobacos de la gente amargada en el tren, ayudo a disminuir la contaminación, agarro el poco de sol que existe en estos cielos, ejercito mis canillas y culito. En fin.

Sudo un poco para engañar al cuerpo.

Tengo tan pero tan poco culo que me compré unas licras con colchón. Me sirven de amortiguador. También de faja.

Me aprietan la barriga. Si tan solo también me apretaran el alma. Pero no. La tengo suelta.

Si no me pongo un sports bra me brincan las tetas. Hoy me brincan.

De vez en cuando se me sale un pezón, con todo y alma.

Gran vaina.

Los pajaritos

Romo. Romo. Romo. Es lo que veo. Es lo que está en mi cabeza dando vueltas. Se supone que el sol iba a estar hoy. Digo iba, porque no está. Levanto mi cabeza y solo hay nubes. Todas ellas, grises y tristes sin el sol. Todas ellas, todas juntas, apachurradas unas con otras, como anoche, pero sin él. Y sin él volvió ella, esa brisa que siempre está. Cuando está, la odio, pero cuando no está me hace falta. Miro hacia abajo y hay comida. Yummy.

Yo siempre tengo hambre. A mí todo me cabe. Hay una mosca encima del queso. ¡No! ¡Encima del queso no! Me apresuro y la espanto. Por un momento lo logro. Se va. Espero que no vuelva. Mis ojos se doblan hacia el Blossom Hill. ¡Jesú santísimo qué vino más malo! Pero así de malo, así me lo tomo. Ahí tiene Edoardo su copa, hasta arriba con el vino malo. Y la mía vacía. El vino malo en mi barriga. Qué envidia. Quiero más. Pero no hay más. No me queda de otra que resignarme a lo que me queda del alcohol en mi cabeza y andar, pues.

Tururuuru. Me encanta escuchar los pajaritos cantar. La belleza hecha carne, o pájaro. Por casa empiezan a las cinco de la mañana, y como a las siete (de la mañana, no noche) paran. Luego vuelven a cantar, (si es que cantan realmente) no sé lo que hacen. Pero lo que sea que hacen, lo vuelven a hacer a eso de las cinco de la tarde. Tampoco entiendo eso tan rígido de los horarios de los pájaros. ¿Será una ciencia? O que los pajaritos de por casa son metódicos. Doctores, tal vez. O abogados y andan con el tiempo encima. Pero hoy no son ni las cinco de la mañana ni las cinco de la tarde, y los pájaros de por aquí siguen con sus hermosas melodías extrañas. Siguen porque ya no estoy en casa. Y a lo mejor no son doctores ni abogados. Tal vez son libres.

Tal vez son bailarines, o cantantes de ópera. En fin. Ellos también están en un parque. Como yo. Como la gente a mi alrededor, loca por alcanzar a ese sol que amaneció esta mañana, pero que dada las doce, le dio hambre. Se fue. Al menos los pajaritos, desde lo alto, a lo mejor tienen mejor suerte que nosotros y alcanzan al sol, si es que sobrepasan las nubes.

Qué va. Si no está, no está.

El peo

Por ahí van ellos. Esos chicos llenos de esperanza. Desde afuera se les ve sonrientes. Alegres. Supuestamente son primos, pero no se parecen. Ahí hay de todo. Se ven muy contentos, desde afuera. ¡Uy! Siguen por las calles de esa hermosa ciudad, paralelos al río, en su Suzuki Swift blanco echándole vaina a los que andan a pie. Pero uno de ellos, el varón, baja la ventana porque una de ellas se tiró un peo. ¡Jum! Qué bajo. Y ahí, en ese preciso momento, se revela todo.

Coño
Degrasimao
No me joda tú a mí
Cállate muchacho del diablo
Qué maldito bajo

Y entre otras cosas se dicen. No les importa que los mire medio mundo. Se viven matando.

Y no solo ahora, siempre. Pero algo deben quererse, porque siempre andan juntos. Uña, deo, garabato, cuatro. Así andan. Ahora andan peleando porque el sol se fue. Todo eso, más el peo. Y lo grande es que la que se lo tiró ni se inmutó.

Rosita, harta de lo mismo, abre la puerta del fantástico Swift y se tira a la calle, con el carro todavía en movimiento. Rosita rueda sobre el concreto, como si flotara. Los demás siguen en su riña y ni cuenta se dan de que ya no está.

Cuando su cuerpo para de rodar, Rosita queda quieta. Inconsciente por unos momentos, vuelve en sí. Está sola. Lejos de las riñas y sus primos. Llena de rasguños, moretones y sangre, pero sola. Sonríe.

Ni pan de agua, ni dulces, ni refresco

Hace años atrás, cuando era feliz e indocumentada, en uno de esos viajes familiares al campo que tanto me gustaban pero que no hacía con frecuencia, me encontré en una situación muy peculiar. Muy peculiar al menos para mi edad y en ese tiempo al pasar de los años cosas así me siguieron sucediendo y ya no era sorpresa. Más bien lo esperaba. Resulta y viene al caso, que ya en el campo, en un colmado cualquiera me detuve a comprar algunas cositas. Específicamente pan de agua, refresco rojo y par de dulcitos de los que hacía tiempo que estaba antojada. Yo estaba muy lejos en mis pensamientos mientras esperaba mi turno en el colmadón lleno de personas bailando bachata, jugando dominó y bebiendo presidentes a plena luz del día.

Yo no entendía todo ese alboroto y por qué andaba la gente emborrachándose, bailando y jugando Dominó con la luz del sol. ¡Qué ilusa era! Ni modo, me dije. Seguí pensando en no recuerdo el qué cuando de repente se me acercó un niño con una cara de ángel y me dijo así:

—¡Mira tú amiguita!

—Yo no lo escuché, y sin querer lo ignoré. El, repitió, ahora mirándome fijamente. —¡A ti mima tipa! Mira, ¡yo cojo to meno golpe!

—¿Qué, e a mí que tú me habla?

—Sí. A quién ma, ¿al Diablo? —Por un segundo me perdí en sus ojos canela.

—Ay ombe. ¡Dame algo no sea mala!

—A mí me sorprendió su actitud, su impotencia y sobre todo su exigencia. Que este niño me exigiera dinero y comida a mí, una niña casi de su edad. Mis padres y hermanos estaban un poco lejos y no tenía quien me defendiera. Ni el Chapulín Colorado salió a mi rescate. Ni modo, tuve que bandeármela yo solita.

Yo simplemente le dije, —lo siento amiguito, no tengo na pa darte. —Él estaba molesto, me miró con esos ojos malditos.

——Utede lo de la ciuda son tó iguale, nunca quieren ayudai ai pobre.

—Escurriendo no sé qué entre los dientes, bajó su mirada y siguió su camino. Yo le caí atrás, perdí mi turno en la fila, y traté de hacerle entender al niño que simplemente no podía. El, cuando vio que sus esfuerzos para sacarme dinero eran en vano, me ignoró y siguió con el mismo cuento hacia otras personas.

Mis padres me llamaban desde lejos. Ya era tiempo de seguir nuestro viaje. Así que me perdí de mis tantos antojados dulcitos, de mi refresco rojo y de mi pan de agua. No tuve otra opción que con mi vestidito rojo de flores ir hacia mis padres, sentarme en silencio y, sólo con mi imaginación comerme mis antojitos y beberme mi refresco rojo.

Muchos años han pasado y en momentos de soledad, de vez en cuando recuerdo este momento. Todavía no comprendo la actitud de ese niño y de muchas personas hoy en día, dicho sea el caso. Al mismo tiempo recuerdo a Luis 'El Terror' Díaz y su canción que dice, 'plátano maduro no vuelve a verde, el tiempo que se va no vuelve.'

Pienso, diache sí, es verdad.

Hipo

Te arranca un ataque de hipo. ¡Hip! ¡Hip! ¡Hip! Te tapas la nariz. Bebes un vaso de agua grande sin parar. Le dices a alguien que te asusten. Te asustan. Y aun así el hipo no para. Tratas de ignorar el hipo y sigues con tus cosas. A ver si así se va.

El cielo brilla y no sabes porqué. Así eres. Como ese cielo, como el hipo que llegó a torturarte. Es que has nacido en otra nube. En otro lugar. Perteneces a otro hogar.

¿Y por qué no puedes tú soñar con el sol que viene del más allá? El cielo es solo cielo.

Ya estás ahí. Toma ya. ¿Qué más da lo que piensas que quieres? Más distingues tu corazón porque no late. No late, pero tiene sangre. No se mueve, pero respiras. Ni siquiera entiendes qué haces cuando duermes, si no sueñas. Tal vez te has mentido todos estos años, y no te has dado cuenta.

Eres nadie.

Descabellado

Ayer estaba en el supermercado cuando me encontré con un calvo en el área de las verduras. La verdad que fue un poco extraño porque lo vi y pensé, uy no está nada mal. No era un calvo común y corriente. La mayoría de los calvos son viejos y feos, sin ningún atractivo. Además de que era un joven apuesto, elegante y calvo, era súper simpático.

Simultáneamente entramos las manos en el puesto de ajos cuando nuestras cabezas chocaron. El, muy galante, pidió disculpas. Yo, en cambio, empecé a reír. Frente a esta situación, no supe qué hacer. En ese instante sentí lo que nunca había sentido, mi corazón latía como nunca había latido. Las mariposas en mi estómago volaban a toda velocidad. Obvio que mi única reacción fue reírme. Inmediatamente él, al ver mi reacción, se rio también y me dijo pausadamente,

—Hola. Soy Tony.

—Yo, tímidamente respondí, —Tamara. ¿Qué hay?

— Nada, aquí comprando ajos para el almuerzo.

—No supe qué decir y lo único que se me ocurrió fue, —¿en serio? Pues deberías usarlos como champo para la calvicie.

—Tony, muy sereno, respondió, —¿ah sí? A mí sólo me falta mi cabello. En cambio, hay otras personas que carecen de sentido común. Por lo menos nosotros los calvos tenemos esperanza, ¿pero los estúpidos con estudio, la tienen? —Y con esas palabras me dio una mirada, mientras sólo su físico desaparecía en el largo pasillo del supermercado.

El coro

En ese pedacito de isla siempre hace un solo calor. No importa la fecha ni temporada. Al menos ya habían pasado los huracanes y tormentas. Aridio, tirado frente la televisión, con los pies encima del sillón, inertemente pasaba canales con el control.

—¡Aridio! ¡Cuántas veces te he dicho que no subas los pies en el sillón! —Le gritó su mujer que entró a la sala toda cambiada. Él, pacientemente, bajó los pies y siguió a su mujer con los ojos.

—¿Se puede saber para dónde es que tú vas?

—Ah, ¿yo? —Silencio. Aridio la miró. Obvio. —Pues voy a la iglesia con las mujeres y de ahí iremos al cine, o algo así.

—Anjá. Algo así.

—¿Y qué fue?

—No, nada. Pásalo bien en la iglesia y en el cine, o algo así.

—Eso haré. —Sin decir adiós ni nada, se fue.

Aridio se quedó solo, con la televisión de compañía. De repente se paró del mueble y fue a la cocina y se preparó un trago de whisky. Volvió y se sentó. Lentamente movió el vaso. Luego se tomó todo el trago de una, como si fuera agua. Cuando estuvo al punto de pararse para servirse el trago número dos, sonó el teléfono.

—¿Aló?

—¿Aló? Aridio, soy yo, Moreno.

—Sí, sí. Te reconocí la voz. Dime a ver.

—Nada, qué tú sabe, las mujeres salieron hoy.

—No me diga ná, loco.

—Bueno, entonce qué, ¿hay coro? —Aridio pensó un segundo. No era lo que tenía planeado hoy, pero dadas las circunstancias, respondió sin titubeos. —Oh, ¡pero claro! ¡Arranquen pa' acá!

—Leña. Yo le digo a lo tiguere. Allá nos vemos.

—Ta to. Aquí tamo. —Y con esa última frase cerró el teléfono. Con nuevos ánimos subió a la azotea. Llevó consigo la mesa de Dominó, las bocinas, el pote de romo que tenía guardado en el closet y una que otra cosa de comer. Ya establecido en la azotea, se sirvió otro trago, esta vez de romo. Puso a Julián Oro Duro, y con el maravilloso mambo, observó el atardecer mientras esperaba a los tigueres. —Ella está conmigo, porque yo soy chulo, tú le daba verde, y yo maduro. ¡Uy! ¡Uy!

—Gritaba Aridio junto con Julián a todo pulmón.

Cuando justo en ese momento llegó Moreno.
—Diablo loco, tú ta pasao. Disque Julián.

—Fue donde estaba Aridio y se saludaron, a lo macho.

—¿Y?

—No, nada. —Moreno se sentó en un block de cemento que estaba en el piso.

—Coño Moreno, no seas vago. Coge una silla de esas que están allí junto a la mesa de dominó.

—No ombe. Si yo estoy bien aquí.

—Bueno, como tú quiera. Ven acá, ¿y los tigueres?

—Ya vienen, tan parqueándose y comprando par de vainas antes de subir.

—Ah, ok. —Se quedaron los dos un rato en silencio esperando a que llegaran los demás. Al poco rato se oía el reperpero. Eran los demás subiendo por las escaleras. Aridio y Moreno se miraron, como diciendo, 'ya si fue'.

—Ey, ¡dime a ve loco! —Era Sammy, su mejor amigo. Detrás de Sammy venían los demás tigueres, cargando varios vasos foam, cervezas y fundas negras plásticas con más bebidas y vainitas para picar.

—Na aquí, ya tú ve. —Aridio se paró a saludarlo. Se dieron un abrazo, como si tenían años sin verse. Realmente, lo que tenían era días.

—Ari, ¿y el romo?

—Ahí ta. —Señalando el romo. —Pero cójelo suave con ese romo, ¿oíste? Que nada más me queda una botella de esos.

—Coño Ari, no sea agallú.

—Te toy hablando.

—Ta tó, ta tó.

—Sammy fue y se sirvió abundantemente del preciado romo y se sentó en una silla al frente de la mesa de dominó. —¿Quién quicre jugar? —Preguntó Sammy al aire.

—Yo. —Saltó de repente uno de los otros tigueres.

—Ah po ven rápido, que eto es pa' hoy. —Le respondió Sammy, ya barajando las fichas. Aridio, nuevamente sentado al lado del moreno le preguntó, —¿trajeron hielo?

—¡Oh! Tu ta cloro. Sammy, ¿y el hielo?

—Sammy, desde su puesto en la mesa de dominó, no escuchó. O lo ignoró. Una de dos.

—¡Sammy! Te toy hablando coño.

—¿Qué fue?

—Que si trajiste el hielo. —Sammy tardó en responder.

—Eh, se me olvidó. —Por fin contestó.

—¿Cómo así loco? No relajes. Con esta calor que hace.

—Yo no toy por tragarme ese romo así hirviendo.

—Saltó otro.

—Ya, ya. Será llamar al colmado. —Dijo Aridio.

—¡Mentira! Claro que lo traje. Allí está.

—Dijo Sammy con picardía, señalando la neverita debajo de la mesa donde estaban las botellas de alcohol.

—Coño montro, así no. No me asustes así.

—Dijo Moreno, casi sin poder respirar. Los demás todavía estaban en un sólo juidero con lo del hielo. Aridio bajó la música. Ya no era Julián que sonaba. Era un dembow de esos perros que están de moda.

—¡Calma pueblo! Eso era Sammy de showsero. El hielo está aquí.

—Coño sí, pero se pasa, —dijo otro, incojonado.

—Ya. —Le dijo Aridio, tratando de calmarlo. Al poco rato lo dejó con el Moreno y se fue a la mesa de dominó. La mesa estaba llena y ya habían cuatro jugando. Así que se agarró una silla que estaba libre y se sentó a la vera de Sammy.

—Dime Sammy, ¿en qué ta eso?

—Coño. ¡Es harto que me tiene esa mujer! Si no fuera porque Victoria ta preña con mi muchacho, hace rato que la hubiese soltado en banda.

—Bueno, cójelo suave que una vez que ese carajito nazca, no va a tener ni tiempo, ni energía pa' joder tanto.

—Ojalá, Ari, ojalá. —Uno de los otros tigueres que estaban del otro lado de la azotea dijo, —mierquina tengo hambre.

—Al poco rato gritó más fuerte, —wey, Aridio. ¿Hay comía?

—Aridio dejó la mesa de dominó y se dirigió hacia el BBQ. —Bueno señores, esto tá casi ready.

—Qué bueno, tengo una sola jambre. Con J. —Dijo Moreno, acercándose al BBQ. El Moreno, esperanzado, levantó la tapa de la misma. La decepción le llenó el alma al ver lo que había ahí, casi quemados.

—Ven acá, montro. ¿Y esta vaina?

—¿El qué? —Le respondió Aridio, haciéndose el idiota.

—Oh, to eto huesos.

—Aridio, sin parase de su silla le contestó de lo más normal.

—Ah, ¿y qué es lo que tú te crees? La cosa ta dura.

—Diablo, men. Tu tá pasao.

—¿Ah po y es fácil armar un coro así como este a última hora con tó lo power?

—Moreno, enfurecido, se quedó sin palabras. Sammy seguía jugando dominó. Con las fichas todavía en la mano, alzó la cabeza. Con la tranquilidad de un santo dijo: —Coño, qué maldita pobreza. ¡Un hombre que comía sushi! —Bajó la mirada y siguió con su juego.

Yun yun

Su nombre es Tico. Se levanta siempre temprano. Sin ganas, pero sin alternativas. Se cambia. Se pone siempre la misma ropa: unos pantalones kaki, una camisa blanca y unos tenis negros. Le da un beso a su mujer en la frente. Nos vemos en la noche more. Te quiero, le dice. Ella, todavía dormida, le responde con un ok. De camino a la calle, hace una parada por la habitación de los niños. Desde la puerta de la habitación los mira en silencio por unos segundos. ¡Mira cómo duermen! Se dice a sí mismo. Sonríe. Parecen angelitos. Quien los ve los compra.

En un segundo vuelve a su realidad. Mira el viejo reloj que lleva en la muñeca derecha. Se apura y sale de la casa. Cierra la puerta principal, pero no encuentra las llaves en su bolsillo. ¡Coñazo! Molesto consigo mismo, corre hacia su habitación. Intentando no hacer ruido, busca sus llaves por todas partes. Las encuentra en el pantalón del día anterior. Respira. Vuelve a mirar el reloj. Está tarde. Lentamente va a la cocina. Abre la nevera. Muerde un pedazo de pan duro. La cierra. Tragando saliva, sale, esta vez con las llaves. Tranca la puerta con seguro.

Se monta en su triciclo. En el camino hace las paradas necesarias. Llega a su rincón de siempre que queda por la 27 con Churchill. Como era de esperarse, hay ocho mil más carritos de maíz, yun yun, dulces, agua de coco y una que otra chuchería.

Eso ya lo sabía. No hay espacio. Encuentra un huequito entre dos conchos al otro lado de la avenida. Ahí se queda todo el día. Solo. Con el sol en la cara. De vez en cuando le pasa alguien en frente. Tico, sentando en su triciclo, grita, yun yun. Vendo yun yun. Los tengo de todos los sabores.

¡Yun yun pa' la calor!

Pero nada. Ni un alma le hace caso. El negocio está del otro lado.

Papi, la loca y la jeepeta

Hace días que escucho a papi y a mami discutir. Mentira, meses. Los escucho desde hace meses. O años, qué se yo. El caso es que siempre viven peleando. Papi le dice algo a mami. Mami se incojona y se vuelve loca. Le grita y le dice, por ejemplo, 'hijo e tu m-a-l-d-i-t-a madre' (ella misma me prohibió decir esa palabra). A veces le tira cosas. De vez en cuando acierta y le pega. Otras, no.

Papi trata de razonar con ella, pero cuando no aguanta, agarra y se va. Se monta en su Pathfinder roja y se va. Yo, cuando lo veo en eso, le sigo y trato de que me lleve con él. Pero no me lleva, no. Me deja con la loca, la muchacha, el guachimán y mis hermanos. Yo no me quiero quedar, yo no quiero que me deje. Si puedo, me escondo dentro de la jeepeta para que me lleve con él. Pero qué va. Siempre me descubre. Me ve escondidita en el piso del asiento trasero por el espejo ese que tienen los carros ahí en el medio del vidrio delantero.

Yo pensaba que era para ponerse uno pinta labios en la boca (así lo usa mami, cuando es mami) pero resulta que papi lo usa para mirar hacia atrás. Así que siempre me agarra. Y con la paciencia de un santo, me lleva a casa.

—Lau, sal. —Me dice. Yo no digo palabra. Me quedo ahí, envuelta un ocho en el piso del asiento trasero, abrazando a mi osito morado. Papi me mira por ese espejo traicionero desde su asiento de gente grande. Yo, desde mi escondite malo, lo miro. Lo miro y no lo miro, pero no me muevo. Entonces, él se apea de su asiento de gente grande, sale de la Pathfinder roja, abre la puerta del asiento trasero donde estoy yo, y me carga. Nos carga a mí y a mi osito morado y nos lleva hasta el escaloncito de la puerta de la casa y ahí nos sienta. Yo lo miro, sin decir nada. Él me mira y en sus ojos azules, azules como una piscina con olor a cloro, es donde quiero estar.

—No puedes venir conmigo ahora, Laurita. —En esos ojos azules de piscina veo que me quiere llevar con él. Que sí que quiere, pero parece que no puede. Porque si pudiera me llevara, ¿verdad? Me da un besito en la mejilla, me abraza fuerte, y ahí me deja, en el escaloncito de la puerta principal, con mi osito morado.

Agarra y se va.

Yo me paro y voy hacia la habitación de papi y mami, pero está con llave. ¡Ah, verdad! Es que mami la tranca con llave para que ni Rafi, ni Jorgito, ni yo, entremos. A veces me agacho en el piso y por el otro lado de la puerta la escucho llorar.

No sé por qué llora, pero yo también lloro al escucharla llorar.

Casi nunca se da cuenta de que estoy ahí, agachada al otro lado de la puerta. Pasa con frecuencia. Pero hoy me encontró. Me encontró ahí tirada en el frío piso de granito, con la cara llena de ronchas de tanto llorar. Abrió la puerta y yo, como estaba recostada en ella, caí ¡pum! al otro lado, en su habitación.

—¡Muchacha, carajo! ¿Qué c-o-ñ-o haces ahí? —Sin pensar, sin mirarme, me gritó. (También me prohibió decir esa palabra). Me quedé ahí tirada, con los ojos brotados, con la cara hecha ronchas, faltándome el aire.

Mami se agachó, (súper raro porque odia sentarse en el piso).

Me tomó la cara con su mano dura y sus uñas raras pintadas de rojo y me hizo mirarla.

—Lau, ¿por qué lloras? —Me preguntó. Yo no pude contestarle, pues seguía llorando; seguía faltándome el aire. Ella se sentó conmigo, ahí en ese frío piso de granito. Me abrazó hasta que dejé de llorar. Hasta que volví a respirar.

Alcé la mirada y en sus ojos borrosos por el huracán de su tristeza, la vi. Ahí estaba ella. No la loca, (que nos vocea malas palabras y nos cae a escobazos), pero ella, mi mami querida del alma.

Ahí nos quedamos, juntitas las dos, por un buen rato, hasta que recapacitó. Volvió la loca. Se paró juyendo, y voceó.

—Ya niña, párate de ahí, que ese piso está muy frío y sucio. —No me dio tiempo a pararme y me dijo, —párate, carajo, que te va a dar una vaina. —Se volteó y gritó, saliendo hacia la sala. —¡Juana! ¿Tú estás segura qué limpiaste hoy? Ven para acá con el suape que este piso está asquerosísimo.

—Y así, como si nada, volvió la loca y se fue mi mami.

Yo me quedé ahí, en el frío piso de granito.

Esperando.

Agradecimientos

Infinitas gracias a:

- Edoardo, César Iván, Nicolle, Carlos y todas las demás personas involucradas en esta aventura. Sin ustedes Yun Yun fuera solo un sueño.
- Jonathan, mi husbando, por existir.
- Mis padres por darme la vida.
- Mis hermanos: Miguelito, Juan Carlos, Carlitos y of course, Arielito (mi bello hermano) por traer color a mi vida. La niñez hubiese sido muy aburrida sin estos personajes dando carpeta.
- Mi media isla, por verme nacer y ser inspiración de tantas historias.

© Isaac Gallego

Sobre la Autora

Karlina Veras nació en Santo Domingo, República Dominicana. Reside en Londres, Inglaterra desde el 2006. Inspirada en la vida cotidiana y su tierra natal, escribe desde pequeña. También tiene experiencia en otros campos creativos como la música, el arte y el cine. En el 2017 su cuento 'La Victoria' fue publicado en la antología 'Otras Vidas Posibles'. Si no está escribiendo, lee y practica Tai Chi.

Made in the USA
Middletown, DE
10 February 2023